ALFAGUARA

Grup Promotor

PRÒXIMA PARADA **Grup Promotor**

ALFAGUARA

Grup Promotor

Títol original: *35 kilos d'espoir*

Frederic Mompou, 11 (Vila Olímpica)
08005 Barcelona
Telèfon: 93 230 36 00

ISBN: 84-8435-973-5
Dipòsit legal: M-30.533-2004

Primera edició: setembre 2004

Disseny de la col·lecció:
MANUEL ESTRADA

Assessorament literari:
PERE MARTÍ I BERTRAN

Printed in Spain

35 quilos d'esperança

Anna Gavalda
Traducció de Margarida Planes
Il·lustracions de Ximena Maier

ALFAGUARA
Grup Promotor

A Bon-Papa
i a Marie Tondelier

Odio l'escola.

És el que més odio del món.

Potser encara més i tot...

M'amarga la vida.

Fins als tres anys, podria dir que vaig ser feliç. De fet, no me'n recordo gaire, però tinc la impressió que tot anava bé. Jugava, mirava el vídeo d'*El petit Ós bru* deu vegades seguides, dibuixava i inventava milers d'aventures per a en Grodudú, el meu estimat gos de peluix. La mare em va explicar que passava hores i hores a l'habitació xerrotejant tot sol com una cotorra. Per tant, he arribat a la conclusió que devia ser feliç.

En aquella època de la vida estimava tothom, i pensava que tothom s'estimava. Després, quan vaig fer tres anys i cinc mesos, patapam!, l'escola.

Pel que sembla, al matí hi vaig anar molt content. Els pares em devien haver bombardejat amb el tema durant les vacances: «Tens sort, rei meu, aniràs a l'escola dels grans...» «Mira quina motxilla nova tan bonica! És per anar a l'escola nova!» I bla, bla, bla... Pel que sembla, no vaig plorar. (Sóc curiós, suposo que tenia ganes de veure quines joguines i quin Lego tenien...) Pel que sembla, vaig tornar encantat a l'hora de dinar, vaig menjar bé i vaig anar a l'habitació per explicar aquell matí meravellós a en Grodudú.

I és clar, si ho hagués sabut, els hauria assaborit, aquells últims minuts de felicitat, perquè va ser just després que la meva vida va començar a descarrilar.

—Va, anem —va dir la mare.

—On?

—On vols que anem?... A l'escola!

—No.

—No, què?

—No hi aniré més.

—Ah... I per què?

—Perquè ja n'he tingut prou, he vist com era i no m'interessa. Tinc moltes coses a fer a l'habitació. Li he dit a en Grodudú que li construiria una màquina especial per ajudar-lo a trobar tots els ossos que ha enterrat sota el meu llit, i per això no tinc temps d'anar-hi.

La mare es va agenollar i jo vaig fer que no amb el cap.

Hi va insistir, i em vaig posar a plorar.

Em va agafar a coll, i em vaig posar a xisclar.

I em va clavar una bufa.

Va ser la primera de la meva vida.

Ve-t'ho aquí.

Era això, l'escola.

Era el començament del malson.

Aquesta història, l'he sentit explicar als meus pares un pilot de vegades. Als amics, a les mestres, als professors, als psicòlegs, als logopedes i a la tutora. I cada vegada que la sento, recordo que mai no vaig arribar a fabricar el detector d'ossos per a en Grodudú.

Ara tinc tretze anys i faig sisè. Sí, ja ho sé, aquí hi ha alguna cosa que no quadra. Us ho explico de seguida, no cal que ho compteu amb els dits. He repetit curs dues vegades: tercer i sisè.

L'escola sempre és el drama a casa, ja us ho podeu imaginar... La mare plora, el pare em renya, o al contrari, és la mare qui em renya i el pare no diu res. A mi em fa entristir, veure'ls així, però què hi puc fer? Què els puc dir en moments com aquells? Res. No puc dir res perquè si obro la boca encara és pitjor. Ells només fan que repetir una cosa com uns lloros:

«Estudia!»

«Estudia!» «Estudia!» «Estudia!»

«Estudia!»

D'acord, ja ho he entès. Tampoc no sóc estúpid del tot. Jo ja voldria estudiar, però el problema és que no me'n surto. Tot el que passa a l'escola és com si fos xinès. M'entra per una orella i em surt per l'altra. M'han portat a milers de metges, pels ulls, per les orelles, fins i tot pel cervell. I la conclusió de tot aquest temps perdut és que tinc un problema de concentració. T'ho imagines! Ho sé perfectament, el que tinc, només cal que m'ho demanin. Jo no en tinc cap, de problema. Cap ni un. Només és que no m'interessa.

No m'interessa gens. Creu i ratlla.

Només he estat feliç a l'escola durant un any, a parvulari, amb una mestra que es deia Marie. A ella, no l'oblidaré mai.

Quan hi penso, em dic que la Marie devia fer-se mestra justament per continuar fent el que li agradava a la vida, és a dir, els treballs manuals, crear i fabricar coses. Em va agradar de seguida. Des del primer matí del primer dia. Portava vestits que s'havia cosit ella mateixa, jerseis que s'havia teixit i bijuteria que s'havia inventat. No hi havia cap dia que no ens emportéssim alguna cosa a casa: un eriçó de paper maixé, un gat fet amb una ampolla de llet, un ratolí dins d'una closca de nou, mòbils, dibuixos, pintures, collages... Era una mestra que no esperava que fos el Dia de la Mare per fer-nos posar fil a l'agulla. Deia que un dia profitós era un dia en què haguéssim creat alguna cosa. Quan hi penso, em dic que aquell any de felicitat també va ser l'origen de totes les meves desgràcies, perquè va ser en aquell moment que vaig entendre una cosa ben senzilla: no hi havia res en el món que m'interessés més que les meves mans i el que podien fabricar.

I ja per acabar amb la Marie, sé també què li dec. Li dec un informe decent. Perquè ella va entendre molt bé amb qui se les tenia. Sabia que les llàgrimes em negaven fàcilment els ulls quan havia d'escriure el meu nom, que no retenia res i que per mi era un malson haver de recitar un poema. Al final de curs, l'últim dia, li vaig anar a dir adéu. Sentia un nus a la gola i em costava pronunciar qualsevol paraula. Li vaig donar el meu regal, era un pot fantàstic per a llapis, amb un calaixet per als clips, un altre per a les xinxetes, un lloc per a la goma i tot això. Vaig estar-m'hi hores per enllestir-lo i decorar-lo. Vaig veure que li agradava i que semblava tan emocionada com jo. Em va dir:

—Jo també tinc un regal per tu, Grégoire...

Era un llibre gruixut. Hi va afegir:

—L'any que ve aniràs amb els grans, a la classe de *Madame* Daret, i t'hauràs d'esforçar molt... Saps per què?

Vaig fer que no amb el cap.

—Per poder llegir tot el que hi ha aquí dins...

En arribar a casa, vaig demanar a la mare que me'n llegís el títol. Es va posar aquell llibre gruixut a la falda i va dir:

—*1.000 activitats per a mans petites*. Mare meva, quantes andròmines en perspectiva!

Vaig detestar *Madame* Daret. Vaig detestar la seva veu, les seves maneres i la mala mania de tenir sempre alumnes preferits. Però vaig aprendre a llegir perquè volia fabricar l'hipopòtam fet amb capses d'ous de la pàgina 124.

En l'informe del final de parvulari, la Marie hi havia escrit:

«Aquest nen té un cap com un colador, uns dits d'àngel i un cor enorme. Se n'hauria de poder fer alguna cosa de profit.»

És la primera i l'última vegada de la meva vida que un membre de l'ensenyament públic no m'ha donat per perdut.

***

De tota manera, en conec un pilot, de gent a qui no els agrada això. Vosaltres, per exemple, si us demanés: «Us agrada l'escola?», mouríeu el cap i em respondríeu que no, és evident. Només els setciències dirien que sí, o també els que són tan bons que els diverteix venir cada matí per posar a prova les seves capacitats. Però si no... A qui li agrada *veritablement* l'escola? A ningú. I qui l'odia *veritablement*? Tampoc no gaires. Bé, sí. Hi ha els que són com jo, els que anomenen els «ganduls» i que sempre tenen mal de panxa.

Jo obro els ulls almenys una hora abans que em soni el despertador, i durant una hora sento com el mal de panxa es fa gros i més gros... Quan baixo de la llitera, estic tan marejat que tinc la impressió d'estar dalt d'un vaixell a mar obert. L'esmorzar és un suplici. De fet, no em puc empassar res de res, però com que la mare no em treu l'ull de sobre, menjo unes torrades. A l'autobús, el mal de panxa se'm transforma en una bola molt dura. Si trobo algun company i parlem de *Zelda*, per exemple, em recupero una mica, la bola disminueix, però si estic sol, m'ofega. Però el pitjor del pitjor és quan entro al vestíbul. És *l'olor* de l'escola el que em posa més malalt. Els anys passen i els llocs canvien, però l'olor sempre és la mateixa. Una olor de guix barrejada amb la de vambes velles que se m'arrapa al nas i em fa regirar l'estómac.

La bola es comença a desfer cap a les quatre, i ja ha desaparegut del tot quan torno a obrir la porta de la meva habitació. Torna a créixer quan els pares arriben a casa i em pregunten coses sobre el dia i em remenen la motxilla per mirar l'agenda i la llibreta de seguiment. Però no es fa tan gran, perquè amb ells ara ja estic acostumat a les bronques.

De fet, no, ara estava dient una mentida... No m'hi acostumo gens ni mica. Les discussions no paren, i no aconsegueixo acostumar-m'hi. És força penós. Com que els pares ja no s'estimen amb bogeria, necessiten escridassar-se cada vespre; i com que no saben com començar, jo i les meves notes desastroses els servim de pretext. Sempre és culpa de l'un o de l'altra. La mare retreu al pare que mai no m'hagi dedicat més temps, i el pare li respon que és culpa d'ella, que m'ha consentit massa.

N'estic fart, n'estic ben fart...

N'estic fart fins a un punt que no us podeu ni imaginar.

Llavors, em tapo les orelles per dins i em concentro en el que estic construint: un vaixell espacial per a l'Anakin Skywalker amb el meu Lego *System*, o un aparell per escurar els tubs de pasta de dents amb el meu Meccano, o una piràmide gegant de Kaplas. Després arriba el suplici dels deures. Si m'ajuda la mare, sempre acaba plorant. Si ho fa el pare, sóc jo el qui sempre acaba plorant.

Encara que us expliqui tot això, no voldria pas que penséssiu que els meus pares són uns negats o que són cruels, no, no, són súper, bé, súper... En fi, són normals. És l'escola la que ho espatlla tot. Cal dir que és per això que l'any passat només apuntava la meitat dels deures a l'agenda, per evitar totes aquestes bronques i aquests vespres tan desagradables. Era realment l'única raó, però no vaig gosar dir-ho a la directora de l'escola quan vaig posar-me a plorar al seu despatx. Quina ximpleria.

De tota manera, vaig fer bé de no dir res. Què hauria entès, aquella bleda assolellada? Res, ja que em va expulsar el mes següent.

Em va expulsar per culpa de la classe de gimnàstica.

Val a dir que odio la gimnàstica quasi tant com l'escola. No ben bé igual, però quasi. De debò, si em veiéssiu, entendríeu per què els tatamis i jo no estem fets l'un per a l'altre! No sóc gaire alt, ni gaire gras ni gaire fort. Jo encara diria més: no sóc gaire alt, ni gaire gras i sóc un nyicris.

A vegades em poso les mans a la cintura, em miro al mirall i inflo el pit. És força sorprenent, semblo un cuc de terra fent culturisme, i també aquell que volia allistar-se a l'*Astèrix legionari*: diries que és força ben plantat, però quan es treu l'abric de pells, t'adones que és tot escanyolit. Quan em veig al mirall, és en qui penso.

Però, bé, tampoc no em vull fer mala sang per *tot* en aquesta vida, també he de prendre-m'ho una mica a la fresca, si no, acabaria tocat de l'ala. I prendre-m'ho a la fresca és el que vaig fer jo a les classes de gimnàstica l'any passat. Quan escric aquestes paraules ja em ve el somriure a la boca... Perquè és a *Madame* Berluron i a les seves classes de gimnàstica a qui dec els panxons de riure més meravellosos de la meva vida.

Tot va començar així:

—Dubosc, Grégoire —va dir ella fent una ullada a la llista.

—Sí.

Sabia que la cagaria i que faria un ridícul estrepitós. Em preguntava quan acabaria tota aquella història.

Vaig fer una passa, i els altres ja van començar a fer riures burletes.

Però, per una vegada, no es reien de la meva ineptitud, reien de la meva desgana. M'havia descuidat l'equip a casa i, com que ja era la tercera vegada del trimestre que em passava, m'havia posat el xandall del germà del Benjamin perquè no em castiguessin. (Em van castigar més vegades en un any que les que us castigaran a vosaltres en tota la vida!) El que no sabia és que el germà del Benjamin era un clon de l'increïble Hulk i que feia un metre noranta...

Imagineu-me passejant amb un xandall de la talla XXL i unes vambes del 45. No cal que us digui que cridava una mica l'atenció...

—I doncs, què fas amb aquest xandall gegant? —va vociferar la Berluron.

Vaig fer cara d'innocent i vaig dir:

—No ho sé, no ho entenc, *madame*, la setmana passada m'anava bé... No ho entenc...

Semblava desbordada:

—Fes-me una doble tombarella endavant, amb els peus junts.

Vaig fer una primera tombarella desastrosa, i vaig perdre la vamba. Vaig sentir que els altres s'ho estaven passant bé, i llavors, per complaure'ls, en vaig fer una altra, i m'ho vaig fer venir bé per enviar l'altre sabatot cap al sostre.

Quan em vaig aixecar, se'm veien una mica els calçotets perquè els pantalons m'havien mig caigut. *Madame* Berluron estava ben vermella, i els de la classe, morts de riure. Aquelles rialles van ser com un tret de sortida, perquè per una vegada no eren riures burletes, eren riures autèntics, com al circ, i va ser a partir d'aquella classe que vaig decidir ser el pallasso de la classe de gimnàstica. El bufó de

Madame Berluron. Quan sents la gent riure gràcies a tu, se t'escalfa el cor i, després, és com una droga: com més riuen, més ganes tens de fer-los riure.

Madame Berluron em castigava tan sovint que ja no quedava cap pàgina en blanc a la llibreta de seguiment. Al final, fins i tot em van expulsar per culpa de tot plegat, però no em penedeixo de res. Gràcies a ella, em vaig sentir una miqueta feliç a l'escola, una miqueta útil.

Cal dir que vaig fúmer un sarau increïble. Abans ningú no em volia a l'equip perquè era massa dolent, però després es barallaven per tenir-me perquè amb les meves pallassades desconcentrava els adversaris. Recordo un dia que m'havien posat de porter... Quin xou... Quan la pilota s'apropava, m'enfilava per la xarxa de la porteria com un mico embogit, xisclant de terror, i quan l'havia de posar en joc, me les empescava sempre per enviar la pilota cap endarrere i fer-nos un gol en pròpia porteria.

Una vegada, fins i tot vaig saltar endavant per atrapar una pilota. Evidentment, no la vaig ni tocar, però quan em vaig aixecar, mastegava una mata d'herba com una vaca i feia «muuuuu». Aquell dia, la Karine Lelièvre es va fer pipí a les calces, i a mi em van castigar durant dues hores... Però va valer la pena.

Em van expulsar per culpa del poltre d'anelles. És curiós, d'altra banda, perquè aquella vegada no em volia fer el graciós. Havíem de saltar sobre aquesta andròmina enorme d'escuma i agafar-nos a les anelles, i quan em va tocar a mi no el vaig encarar prou bé i em vaig fer supermal als..., bé, a..., en fi, ja sabeu què vull dir... Que m'havien quedat fets una coca. Segurament, els altres es van pensar que cridava «uiuiuiuiuiiiiiii» per fer-los riure, i la Berluron em va arrossegar directament al despatx de la *dire*. Jo em cargolava de dolor, però no vaig plorar.

No els volia donar aquesta satisfacció.

Els meus pares tampoc no em van creure, i quan van saber que m'havien fet fora de debò, em va tocar el rebre. Aquella vegada cridaven tots dos en la mateixa direcció i amb ganes.

Quan al final em van deixar tornar a la meva habitació, vaig tancar la porta i vaig seure a terra. Em vaig dir: «Pots pujar al llit i plorar. I tens raons per plorar perquè la teva vida no val res i tu tampoc no vals res i et podries morir ara mateix sense cap problema. O et pots aixecar i construir alguna cosa.» Aquell vespre vaig construir una bèstia monstruosa amb tot de deixalles que havia reciclat d'un taller, i l'hi vaig posar la «Berlura-Peluda».

No era gaire enginyós, ho reconec, però em va anar bé i, a més, això va evitar que deixés moll el coixí.

***

L'únic que em va consolar llavors va ser el meu avi. Un fet que no té res de sorprenent, d'altra banda, perquè l'avi Léon m'ha consolat sempre des que vaig fer més de tres pams i des que vaig tenir edat per acompanyar-lo al seu cobert.

El cobert de l'avi Léon és tota la meva vida. És el meu refugi i la meva cova d'Alí Babà. Quan la meva àvia es fa una mica pesada, ell se m'acosta i em xiuxiueja:

—Grégoire, què et semblaria un petit volt per Léonland?

I desfilem de puntetes mentre la meva àvia continua bramant:

—Així! Vés a intoxicar aquest menut...

Ell arronsa les espatlles i respon:

—Va, Charlotte, va. Nosaltres ens aïllem, en Grégoire i jo, perquè necessitem tranquil·litat per pensar.

—I per pensar en què, si es pot saber?

—Jo penso en el meu passat, i en Grégoire en el seu futur.

L'àvia es gira i hi afegeix que preferiria ser sorda abans que sentir allò. I el meu avi sempre li respon:

—Però, estimada, tu *ja* ets sorda.

L'avi Léon és tan manetes com jo, però ell, a més, és intel·ligent. A l'escola era una bèstia: era sempre el primer en tot i un dia em va confessar que no havia treballat mai els diumenges («Per què? —Perquè no en tenia ganes, ves.») Era el primer en mates, en llengua, en llatí, en anglès, en història, en tot! Als disset anys va poder entrar a l'Escola Politècnica, que és la més difícil de França. I després, va construir coses gegants: ponts, viaductes, túnels, preses, etc. Quan li demano què feia exactament, torna a encendre el cigarret i reflexiona en veu alta:

—No ho sé. Mai no he sabut definir la meva funció... Diguem que em demanaven que repassés plànols i que els donés la meva opinió: aquell dallonses se n'aniria a fer punyetes o no?

—I res més?

—Res més, res més... Déu n'hi do, rei meu! Si dius que no i la presa s'ensorra, quedes com un imbècil, creu-me!

El cobert del meu avi és el lloc on em sento més feliç del món. I, en canvi, no és cap gran cosa: una cabana, feta de planxes i de xapes ondulades, al fons d'un jardí, on fa massa fred a l'hivern i massa calor a l'estiu. Miro d'anar-hi tant com puc. Per fer bricolatge, per agafar eines o trossos de fusta, per veure el meu avi Léon treballant (ara construeix un moble fet a mida per a un restaurant), per demanar-li consell o per no fer res, com ara. Pel plaer de venir a asseure'm en un lloc que se m'assembla. Abans us he parlat de l'olor de l'escola que em feia venir ganes de vomitar; doncs, bé, aquí és tot el contrari. Quan entro en aquest cau atapeït, obro bé el nas per respirar l'olor de la felicitat. L'olor del quitrà, del greix, del radiador elèctric, del ferro de soldar, de la cola de fuster, del tabac i de tot. És fantàstic. Em vaig prometre que un dia aconseguiria destil·lar-la i inventaria un perfum que anomenaria «*Eau* de Cobert».

Per respirar-lo quan la vida em faci males passades.

Quan va saber que havia de repetir tercer, l'avi Léon em va fer seure sobre els seus genolls i em va explicar la faula de la llebre i la tortuga. Me'n recordo molt bé de com estava arraulit a la seva falda i de la suavitat amb què em parlava:

—Ho veus, noiet, ningú no hauria donat ni un ral per aquell coi de tortuga, era massa lenta... I en canvi, va guanyar ella... I saps per què va guanyar? Va guanyar perquè era una bona noia, valenta i esforçada. I tu també, Grégoire, tu també ets valent... Jo ho sé, t'he vist en acció. T'he vist aguantant el fred hores i hores per polir un tros de fusta o per pintar les teves maquetes... Per mi, tu ets com ella.

—Però a l'escola no ens demanen mai que polim una fusta! —vaig respondre entre

sanglots—. Només ens demanen que fem coses impossibles!

Quan se'n va assabentar a sisè, ja va ser tota una altra història.

En arribar a casa seva com sempre, no em va respondre quan el vaig saludar. Vam dinar en silenci i, després del cafè, no es decidia a sortir.

—Avi Léon?

—Què?

—Anem al cobert?

—No.

—Per què no?

—Perquè la teva mare ja m'ha dit les males notícies...

—...

—No t'entenc! Odies l'escola i, en canvi, fas el que sigui per estar-t'hi tan temps com puguis...

Jo no responia res.

—Però tampoc no ets tan estúpid com diuen!... O sí que ho ets?

Em parlava durament.

—Sí.

—Oh, no ho suporto, això! És clar, és més fàcil dir que ets un zero a l'esquerra i no fer res! És clar! És el destí! És tan senzill pensar que estàs maleït! I llavors, què? Quins projectes tens, ara? Repetiràs primer d'ESO, i després segon i, amb una mica de sort, acabaràs el batxillerat als trenta anys!

Jo masegava la punta d'un coixí sense atrevir-me a alçar els ulls.

—No, definitivament, no t'entenc. En tot cas, ja no comptis amb el vell Léon. M'agrada la gent que domina la seva vida, a mi! No m'agraden els ganduls que es fan plànyer i que els expulsen per indisciplina! Això no té cap sentit! Primer, expulsat i després, repetidor! Bravo! Un quadre fantàstic! Et felicito. Quan penso que sempre t'he defensat... Sempre! Deia als teus pares que tinguessin confiança, et trobava excuses, t'animava! Et diré una cosa, amic meu: és més fàcil ser desgraciat que feliç, i a mi, ja ho has sentit, no m'agraden les persones que escullen el camí més fàcil, no m'agraden els ploramiques! Sigues feliç, ostres! Fes el que cal per ser feliç!

I es va posar a estossegar. La meva àvia va venir i jo vaig sortir.

Vaig anar al cobert. Tenia molt fred. Em vaig asseure a sobre d'un bidó vell i em vaig preguntar què podia fer per encarrilar la meva vida.

Ho volia construir *tot*, però tenia un problema: no tenia ni projecte, ni model, ni plànols, ni materials, ni eines, ni res de res. Només tenia un pes enorme al cor que no em deixava ni plorar. Amb la meva navalla, vaig gravar alguna cosa en el banc de fuster de l'avi i vagi marxar cap a casa sense dir-los res.

***

A casa, la discussió va ser encara més llarga, més sorollosa i més angoixant que normalment. Era al final de juny, i no hi havia cap escola que m'acceptés per al setembre. Els pares s'estiraven dels cabells i es tiraven els plats pel cap. Era cansat. I jo cada dia m'encongia una mica més. Em pensava que a mesura que em fes petit, a mesura que m'esforcés a fer que m'oblidessin, al final potser desapareixeria completament i se'm resoldrien tots els problemes de cop.

Em van expulsar l'11 de juny. Al principi, m'arrossegava tot el dia per casa. Al matí, mirava Tele5 o els programes de *Telebotiga* (sempre hi ha objectes increïbles als *Telebotiga*) i a la tarda rellegia còmics vells o continuava un trencaclosques de 5.000 peces que m'havia regalat la tia Fanny.

Aviat me'n vaig cansar. Havia de trobar alguna cosa per tenir les mans ocupades... Aleshores, vaig inspeccionar la casa per veure si no li calien millores. Sovint havia sentit la mare queixar-se de la planxa, dient que el seu somni era poder planxar asseguda. I em vaig posar mans a la feina.

Vaig desmuntar el peu de la post de planxar, que li hauria impedit passar les cames per sota, vaig calcular l'alçada de la post, i vaig fixar-la sobre quatre potes de fusta com si fos un taula normal. Després, vaig arreplegar les rodetes d'una tauleta vella que havia trobat davant de casa la setmana anterior i les vaig collar a una cadira que ja no fèiem servir. També li vaig arreglar la safata on posava la planxa perquè acabava de canviar de model. S'havia comprat una planxa de vapor Moulinex, i em semblava que la safata no seria prou resistent. Això em va ocupar dos dies complets. Després, em vaig dedicar de ple al tallagespa. El vaig desmuntar completament, el vaig netejar, i després el vaig muntar peça per peça. Va funcionar a la primera. El pare no m'havia volgut creure, però jo estava convençut que no valia la pena portar-lo al Jardiland, que només era un problema de brutícia.

Aquell vespre, durant el sopar, l'ambient era més distès. La mare m'havia fet un biquini, el meu plat preferit, per donar-me les gràcies, i el pare no va engegar la tele.

Va ser ell qui va començar a parlar:

—Ho veus, el que és exasperant de tu és que, malgrat tot, ets hàbil... Llavors, què podem fer per ajudar-te? No t'agrada l'escola, és clar. Però l'escola és obligatòria fins als setze anys, ja ho saps, oi?

Vaig fer que sí amb el cap.

—És un cercle viciós: com menys estudies, més odies l'escola; com més l'odies, menys estudies... Com t'ho faràs?

—Esperaré a tenir setze anys i em posaré a treballar.

—Tu somies! Qui vols que t'agafi?

—Ningú, ja ho sé, però inventaré coses i en fabricaré d'altres. No necessito gaires diners per viure.

—Creu-t'ho! Evidentment, no cal que siguis milionari, però en necessitaràs més dels que et penses. Et caldrà comprar eines, un taller, un camió..., i jo què sé... Bé, és igual, deixem aquesta història dels diners per ara, no és el que em preocupa. Parlem dels estudis... Grégoire, no facis aquestes ganyotes, mira'm, sisplau. No arribaràs enlloc sense un mínim de coneixements. Imagina't que inventes una màquina fantàstica. L'hauràs de patentar, oi? I, per tant, hauràs de saber escriure correctament francès... I a més, un no es treu els invents de la butxaca així com així, necessitaràs plànols, escales, registres, per tal que et prenguin seriosament, si no et deixaràs robar la idea en un tres i no res...

—Sí?, penses?

—No ho penso, n'estic segur.

Tot allò em deixava confós, d'alguna manera sabia que tenia raó.

—Perquè, sabeu?, tinc un invent que podria assegurar-me la riquesa a mi i als meus fills, i potser fins i tot la vostra...

—De què es tracta? —em va demanar la mare, somrient.

—Em prometeu que guardareu la informació *top secret*?

—Sí —van dir plegats.

—Prometeu-m'ho.

—Ho prometo.

—Jo també.

—No, digues «Ho prometo», mare.

—Ho prometo.

—Molt bé, doncs... De fet, serien unes sabates especials pensades per a la gent que camina per la muntanya... Tindrien un petit taló mòbil. El posaries en posició normal quan pugessis, te'l trauries quan fos pla, i te'l tornaries a posar quan baixessis, però no al mateix lloc, sinó al davant, sota el dits dels peus, així sempre estaries en equilibri...

Els pares van assentir.

—No és cap ximpleria, aquest invent —va dir la mare.

—Hauries de posar-te en contacte amb una botiga com el Décathlon...

M'agradava veure que s'interessaven per mi. Però l'encant va desaparèixer quan el pare hi va afegir:

—I per comercialitzar la teva meravella, caldrà que siguis bo en mates, en informàtica i en economia... Ho veus?, tornem una altra vegada al que et deia abans...

Vaig continuar activat així fins al final del mes de juny. Vaig ajudar els nous veïns a desbrossar el jardí. Vaig arrencar tantes males herbes que els dits se'm van inflar i em van quedar verdosos. Semblaven les mans del Hulk.

Els nostres veïns eren el Sr. i la Sra. Martineau. Tenien un fill, el Charles, que tenia just un any més que jo. Però no m'hi entenia. Ell estava tot el dia enganxat a la consola o als serials penosos, i cada vegada que em dirigia la paraula era per demanar-me a quin curs aniria l'any següent. Tot plegat acabava posant-me una mica nerviós.

La mare continuava fent trucades per trobar el centre que tindria la gran, la immensa bondat de dignar-se a acceptar-me el setembre. Cada matí, rebíem centenars de fullets de propaganda a la bústia. Fotos boniques sobre paper setinat que presumien dels mèrits de tal o tal escola.

Era patètic i completament enganyós. Jo els fullejava movent el cap, em demanava sobretot com s'ho havien fet per fer fotos d'alumnes que somreien. O els havien pagat o els acabaven d'anunciar que el seu profe de llengua havia caigut per un barranc. Només hi havia una escola que em fes el pes, però estava situada a Pétaouchnoque-les-Oies, a la vora de Valence. A les fotos, els alumnes no estaven somrient amb cara de ximplets asseguts darrere uns pupitres. Els veies dins d'un hivernacle, trasplantant plantes, o al costat d'un banc de fuster, tallant uns taulons de fusta, i ells no somreien, estaven concentrats. No pintava gens malament, però era un institut tècnic.

De cop i volta, el mal de panxa em tornava sense avisar.

El Sr. Martineau em va fer una proposta: ajudar-lo a arrencar el paper vell de les parets a canvi d'un sou. Ho vaig acceptar. Vam anar a cal Kiloutou i hi vam llogar dues desenganxadores de paper a vapor. La seva dona i el Charles havien marxat de vacances i els meus pares treballaven. Estàvem tranquils.

Vam fer una bona feina, però quin cansament! Sobretot perquè era la canícula. Estar envoltat de vapor quan fa 30º a l'ombra, ja us ho podeu imaginar... Una sauna! Vaig beure cervesa per primera vegada i la vaig trobar fastigosa.

L'avi Léon, que passava per allà, va venir a donar-nos un cop de mà. El Sr. Martineau n'estava encantat. Deia: «Nosaltres som treballadors de força, però vostè, vostè és un home d'art, senyor Dubosc...» Efectivament, el meu avi va ficar el nas en tots els problemes de lampisteria i d'electricitat, mentre nosaltres suàvem la cansalada i proferíem tones de renecs. El Sr. Martineau deia sovint: «merdus merda merdum merdorum merdis merdis» (és llatí).

Al final, els pares em van inscriure a l'escola Jean Moulin, just al costat de casa. Al començament, no volien enviar-m'hi perquè tenia mala reputació. Pel que sembla el nivell era penós i els alumnes feien xantatges, però com que era l'única on m'acceptaven, no van poder escollir. Van portar-hi el meu expedient escolar i jo vaig anar al fotomaton a fer-me una foto de carnet. Realment, en aquelles fotos petites feia molt mala pinta. Pensava que estarien contents del seu nou fitxatge, a l'escola Jean Moulin: un tio de tretze anys a sisè amb les mans del Hulk i el cap del Frankenstein... Això sí que era una gran gesta!

El mes de juliol va passar volant. Vaig aprendre a empaperar parets. Vaig aprendre a encolar les tires de paper. Vaig aprendre a doblegar-les correctament, a manejar el corró per aplanar-ne les vores i a col·locar-les adequadament per evitar les bombolles. Vaig aprendre un pilot de coses. Avui en dia puc dir que sóc un as de la cola Perfax i del paper de ratlles. Vaig ajudar el meu avi a desembolicar uns cables elèctrics i a fer proves:

—Funciona?

—No.

—I ara?

—No.

—Merda. I ara?

—Sí.

Vaig preparar uns entrepans de seixanta centímetres de llarg, vaig envernissar unes portes, vaig canviar uns fusibles i vaig escoltar programes d'humor a la ràdio durant un mes. Un mes de felicitat.

No s'hauria d'haver acabat mai, i al setembre hauria hagut de començar una altra feina amb un altre patró... Pensava en això mentre mossegava l'entrepà de llonganissa: aguantar encara tres anys, i després, bon vent i barca nova.

Tres anys és molt.

I a més, hi havia una altra cosa que em preocupava, la salut de l'avi Léon. Estossegava cada cop més sovint, des de feia ja molt temps, i s'asseia ara sí ara també. La meva àvia m'havia fet prometre que no el deixaria fumar, però no ho aconseguia. Ell em responia:

—Deixa'm aquest plaer, Totó. Després ja seré mort.

Aquesta mena de resposta em feia sortir de polleguera.

—No, Totó, és *per culpa* d'aquest plaer que et moriràs!

Ell feia broma:

—Des de quan t'atreveixes a dir-me Totó, Totó?

Quan em somreia d'aquella manera, em venia al cap que ell era la persona que més estimava del món i que no tenia el dret de morir-se. Mai.

L'últim dia, el Sr. Martineau ens va convidar, al meu avi i a mi, a un restaurant molt bo i es van fumar dos puros molt grans després del cafè. No volia ni pensar en la pena de la seva Lolotte si ho hagués vist...

Al moment de separar-nos, el meu veí em va donar un sobre:

—Té. T'ho has ben guanyat...

No el vaig obrir de seguida. El vaig obrir damunt del meu llit quan vaig tornar a casa. Hi havia dos-cents euros. Quatre bitllets taronges... Em va deixar ben bocabadat: en tota la meva vida mai no havia tingut, ni tan sols vist, tants diners. No els ho volia dir als pares perquè m'haurien atabalat amb la llibreta d'estalvis. Vaig amagar els bitllets en un lloc on ningú no els hauria buscat mai i vaig començar a barrinar, barrinar, barrinar...

Què podria arribar a comprar amb tot allò? Motors per a les maquetes? (Això val un co..., ehem..., un ull de la cara.) Uns còmics? El joc d'ordinador «Cent construccions extraordinàries»? Una caçadora Timberland? Una serra vertical pendular Bosch? Aquells quatre bitllets dels grossos em portaven de cap, i quan vam tancar la casa el 31 de juliol al vespre per marxar de vacances, vaig passar més d'una hora buscant-los un amagatall prou segur. Era com la meva mare, que donava voltes sense parar amb els canelobres de plata de la seva tia àvia a les mans. Em sembla que tots dos quedàvem una mica ridículs. Els lladres són sempre més murris que nosaltres...

***

No tinc res d'extraordinari per explicar-vos pel que fa a aquell mes d'agost. Només que el vaig trobar molt llarg i molt avorrit. Com cada any, els meus pares havien llogat un pis a la Bretanya i, com cada any, vaig haver d'omplir pàgines i pàgines del quadern de vacances.

I apa, *passaport per a sisè*, tornem-hi.

Passava hores rosegant el bolígraf i mirant les gavines. Somiava que em transformava en gavina. Somiava que volava fins al far vermell i blanc, allà lluny. Somiava que em feia amic d'una oreneta i que el mes de setembre, el 4, per exemple —com per casualitat, just el dia de tornada a l'escola!—, marxàvem junts cap als països càlids. Somiava que travessava els oceans, somiava que faríem...

I movia el cap per tornar a la realitat.

Rellegia el problema de mates, una història estúpida de sacs de guix que calia apilar, i tornava a somiar: una gavina volava sobre l'enunciat i... Xof!, una cagarada blanca ben grossa feia malbé tota la pàgina.

Somiava tot el que podria fer amb set sacs de guix...

En resum, somiava.

Els pares no em vigilaven la feina gaire de prop. També eren les seves vacances i no tenien cap ganes d'agafar una insolació intentant desxifrar els meus gargots. Tot el que m'exigien era que em quedés a casa cada matí, el cul a la cadira i darrere una taula.

Tot allò no treia cap a res. Omplia les pàgines de la maleïda llibreta amb dibuixos, croquis i plànols sense cap ni peus. No m'avorria, però la meva vida no em feia cap mena d'efecte. Em deia: ser aquí o en un altre lloc, quina importància té? També em deia: ser o no ser, quina importància té? (Com podeu constatar, sóc un negat per a les mates, però no em defenso gens malament en filosofia!)

A la tarda, anava a la platja amb la mare o amb el pare, però mai amb tots dos alhora. Això també formava part del seu pla de vacances: no estar obligats a suportar-se durant tot el dia. Entre els meus pares passava alguna cosa que no era per riure. Sovint hi havia paraules sobreenteses, reflexions o observacions punyents que ens submergien en un silenci profund. Érem una família que sempre estàvem de mal humor. Somiava somriures i bromes a taula com als anuncis de la tele..., però no em feia il·lusions.

Quan va arribar el moment de fer les maletes i netejar la casa, es va notar un descans en l'ambient. Era absurd. Gastar tants diners i anar-se'n tan lluny per, al final, sentir-se alliberat a l'hora de tornar... Ho trobava absurd.

***

La mare va retrobar els seus canelobres i jo, els meus calés. (Ara ja us ho puc dir, havia cargolat els bitllets i els havia ficat dins la sarbatana del meu vell Action man!)

Les fulles es van tornar grogues, i el meu mal de panxa va tornar.

Anava, doncs, a l'escola Jean-Moulin.

No era el més gran de la classe, i encara menys el més inútil. Jo me les mamava dolces. Em quedava al fons de la classe i evitava ensopegar amb els perdonavides de l'escola. Vaig deixar estar la idea de la caçadora Timberland perquè em semblava que no m'hauria durat gaire allà...

L'escola ja no em preocupava tant, per la senzilla raó que no tenia la impressió d'anar a l'escola. Tenia la impressió d'anar a una mena de zoo-guarderia, on s'aparcaven dos mil adolescents des del matí al vespre. Jo vegetava permanentment. Em xocava la manera com alguns alumnes s'adreçaven als profes. Jo em movia el mínim possible. Comptava els dies.

A la meitat d'octubre, la mare va agafar una enrabiada. No aguantava més les absències del meu (o de la meva, no ho vaig saber mai!) profe de llengua. No aguantava més el meu vocabulari, deia que cada dia em tornava més ruc. Més ruc que una sola de sabata. No entenia per què no portava mai notes, i sobretot, es posava histèrica quan em venia a buscar a les cinc i veia nois de la meva edat fumant porros sota els porxos de la galeria comercial.

Doncs bé, gran discussió a casa. Crits, llàgrimes i mocs a dojo.

I el resultat, un internat.

Després d'un vespre tumultuós, els pares havien decidit de mutu acord enviar-me a un internat. Guai.

Aquella nit vaig serrar les dents.

L'endemà era dimecres. Vaig anar a casa els avis. L'àvia m'havia preparat patates fregides tal com m'agraden i l'avi Léon no s'atrevia a dirigir-me la paraula. L'ambient era depriment. Després del cafè vam anar al seu cobert. Va posar-se un cigarret als llavis sense encendre'l.

—Ho deixo —em va confessar—. No ho faig per mi, què et penses, ho faig per l'emprenyadora de la meva dona...

Vaig somriure.

Després em va demanar que l'ajudés a collar unes frontisses; i quan, finalment, ja m'havia distret, va començar a parlar-me fluixet:

—Grégoire?

—Sí?

—Aniràs a un internat, m'han dit, eh?

—...

—No en tens ganes, oi?

—...

Preferia no dir res. No tenia més ganes de bramar com un nen petit.

Va agafar la porta que jo aguantava amb les mans, la va deixar, i em va alçar la cara agafant-me per la barbeta.

—Escolta'm, Totó, escolta'm bé. Sé més coses del que et penses. Sé com odies l'escola, i també sé què passa a casa teva. Bé, no ho sé del cert, però ho sospito. Vull dir entre els teus pares... Ja m'imagino que no deu ser gaire divertit cada dia...

Jo feia ganyotes.

—Grégoire, has de confiar en mi, sóc jo qui ha tingut aquesta idea de l'internat, sóc jo qui ha posat aquesta idea al cap de la teva mare... No em miris així. Penso que t'anirà bé marxar una mica, agafar aire, veure altres coses. Tu t'ofegues entre els teus pares. Ets el seu fill únic, només et tenen a tu, només vetllen per tu. No s'adonen del mal que et fan d'esperar tant de tu. No, no se n'adonen. Em sembla que el mal és més profund que tot això... Penso que haurien de començar per arreglar els seus propis problemes abans de tant posar-se nerviosos amb tu. Jo... Oh no, Grégoire, no posis aquesta cara. No, fill meu, no et volia entristir, només volia que tu... Oh, merda! Ja no et puc asseure a la meva falda! Ja ets massa gran. Espera, separa una mica els braços, sóc jo qui em posaré a la teva... No, no ploris. Seria massa trist...

—No és de pena, avi Léon, només és aigua que es desborda...

—Oh, fill meu, el meu petit... Va, ja està. Continua, continuem. Hem d'acabar aquest moble per al Joseph si volem menjar de gorra... Té, recull el tornavís.

Em vaig mocar amb la màniga.

I després, al bell mig del silenci, quan jo atacava la segona porta, hi va afegir:

—Només una última cosa, i ja no te'n tornaré a parlar. El que et volia dir és molt important... Et volia dir que si els teus pares es barallen, no és per culpa teva. Només és per culpa seva, només seva. Tu no hi tens res a veure en tot plegat, no hi tens res a pelar, em sents? Res de res. I et puc assegurar que si sempre fossis el primer de la classe, si no traguessis res més que nous i deus, continuarien barallant-se. Però estarien obligats a trobar altres pretextos i prou.

No vaig respondre res. Vaig passar una primera capa de vernís sobre el moble del Joseph.

***

Quan vaig tornar a casa, els pares fullejaven uns tríptics i teclejaven una calculadora. Si la vida fos com una bafarada de còmic, hauria vist núvols negres sobre els seus caps. Vaig dir: «Na'nit», i me'n vaig anar de seguida cap a l'habitació, però m'ho van impedir:

—Grégoire, vine cap aquí.

Pel to de veu ja vaig endevinar que el pare no estava gaire per romanços.

—Seu.

Em preguntava de quin cantó em caurien les clatellades.

—Com saps, la mare i jo hem decidit enviar-te a un internat...

Vaig abaixar la mirada. Pensava: «Per una vegada que us poseu d'acord en alguna cosa! Més val tard que mai. Llàstima que sigui per aquesta estupidesa...»

—Ja m'imagino que aquesta idea no t'entusiasma, però és així. Estem en un punt mort. No fas res a l'escola, t'han expulsat, ningú no vol saber res de tu, i l'escola del barri no val res. No hi ha trenta-sis solucions... Però el que potser no saps és que és molt car. Has de pensar que fem un esforç econòmic molt gran per tu, un veritable esforç...

Vaig riure-me'n per dins: «Oh..., però no calia! Gràcies!, Gràcies, senyors meus. Sou massa bons. Podria besar-vos els peus, senyors meus?»

El pare va continuar:

—No vols saber on aniràs?

—...

—Te'n fots?

—No.

—Doncs, no ho sabem, imagina't. Aquesta història és un veritable maldecap. La teva mare ha passat tota la tarda enganxada al telèfon, sense èxit. Hem de trobar un centre que t'accepti a mig curs i que...

—És aquí on vull anar —vaig dir, tallant-lo.

—On?

—Aquí.

Li vaig donar el díptic on es veien alumnes treballant darrere un banc de fuster. La mare es va posar les ulleres:

—On és? A trenta quilòmetres al nord de Valence... L'institut tècnic Grandchamps... Però no és una escola...

—Sí. També és una escola.

—Com ho saps? —em va demanar el pare.

—Hi he telefonat.

—Tu!?

—Sí, jo.

—Quan?

—Just abans de les vacances.

—Tu?! Tu hi has trucat? Però per què?

—Perquè sí..., per saber de què anava.

—I doncs?

—Res.

—Per què no ens n'has dit res?

—Perquè és impossible.

—Per què és impossible?

—Perquè accepten els alumnes segons les notes. I les meves són horribles! Són tan dolentes que no servirien ni per encendre foc...

Els pares callaven. El pare llegia el programa de Grandchamps i la mare sospirava.

L'endemà vaig anar a classe com sempre, i també el dia següent, i l'altre, també.

Començava a entendre l'expressió «fondre's els ploms». Era exactament això. Se m'havien fos els ploms. Una part de mi s'havia apagat i tot m'era igual.

Ja no feia res. Ja no tenia idees. Ni ganes de fer res. Res més. Vaig recollir tot el meu Lego en una capsa i el vaig donar al Gabriel, el meu cosí petit. Mirava la tele tot el dia. Quilòmetres i quilòmetres de vídeos. Em quedava ajagut al llit durant hores. Ja no feia bricolatge. Les mans em penjaven estúpidament a cada costat del meu cos esprimatxat. A vegades, tenia la impressió que estaven mortes. Que només servirien per fer zàping o per obrir llaunes de beguda.

Jo ja era prou desagradable, però ara em tornava un cretí. La mare tenia raó: aviat podria menjar garrofes a taula.

Ja no tenia ni ganes d'anar a casa dels avis. Eren amables, però no entenien res de res. Eren massa vells. A més, què podia captar dels meus problemes, l'avi Léon? Res, com que ell ha estat sempre una fera. De problemes, ell no n'ha tingut mai. Pel que fa als meus pares, res a fer... Ja no es dirigien la paraula. Uns veritables zombis.

Tenia ganes de clavar-los una empenta, a veure si en sortia... què? No ho sé.

Una paraula, un somriure, un gest? Alguna cosa.

Estava escarxofat davant la tele quan va sonar el telèfon.

—Què, Totó, t'has oblidat de mi?

—Mmm... No tinc gaires ganes de venir avui...

—Com? I en Joseph? M'havies promès que m'ajudaries a portar-li el moble!

Glups! Me n'havia oblidat completament.

—Ara vinc. Ho sento!

—No passa res, Totó, no passa res. No s'escaparà volant.

Per donar-nos les gràcies, el Joseph ens va oferir un bon tiberi. Vaig menjar una hamburguesa com una casa de pagès, acompanyada amb piles de coses: tàperes, ceba, herbetes, pebre... Nyam. L'avi Léon em mirava i somreia:

—Fa goig de veure, Totó. Sort que el teu vell avantpassat t'explota de tant en tant, així pots menjar fins a afartar-te.

—I tu? No menges res?

—Oh... No tinc gaire gana, saps... La teva àvia m'ha atipat com sempre a l'esmorzar.

Jo sabia que era mentida.

Després, vam anar a visitar les cuines. No me'n sabia avenir de les dimensions de les paelles i les cassoles: enormes. I també, uns cullerots gegants, unes culleres de fusta com unes catapultes, dotzenes de ganivets ordenats segons la llargada i molt ben esmolats.

El Joseph va dir:

—Mireu! Vet aquí el Tití! La nostra última adquisició... És un bon noi. Li posarem un barret de cuiner al cap i després, ja ho veureu, d'aquí a uns quants anys, aquests carallots de

Michelin li vindran a fer moixaines, ja us ho dic jo! No dius hola, Tití?

—Hola.

Estava pelant milers de quilos de patates. Semblava més aviat content. Els peus li havien desaparegut sota una muntanya de peles de patata. Quan el vaig veure, vaig pensar: «Setze anys..., els deu ben tenir, ell...»

Quan em va deixar davant de casa, l'avi Léon encara hi va insistir:

—Bé, llavors fas el que hem quedat, eh?

—Sí, sí.

—No et preocupis de les faltes, ni de l'estil, ni de la teva mala redacció. No et preocupis per res. Només digues tot el que sents al cor, d'acord?

—Sí, sí...

M'hi vaig posar aquell vespre mateix. No passava tant de tot com semblava, ja que vaig fer onze esborranys. Però malgrat tot, la carta era massa curta...

Us la torno a copiar:

«Senyor director de l'escola Grandchamps,

Voldria ser admès al seu centre, però sé que és impossible perquè les meves notes són massa dolentes.

He vist en la publicitat de la seva escola que tenen tallers de mecànica, de fusteria, sales d'informàtica, una serra i tot això.

Penso que hi ha més coses en la vida que les notes. També hi ha la motivació.

Voldria venir a Grandchamps perquè és on seria més feliç, em sembla.

No sóc gaire gras, peso 35 quilos d'esperança.

Adéu,

Grégoire Dubosc

PD núm. 1: És la primera vegada que suplico a algú per anar a l'escola, potser és que estic malalt.

PD núm. 2: Us envio els plànols d'una màquina de pelar plàtans que vaig fabricar quan tenia set anys.»

La vaig rellegir i la vaig trobar molt carrinclona, però no tenia forces per tornar a començar per tretzena vegada.

M'imaginava la cara del director quan llegís allò... Segurament pensaria: «Però qui coi és aquest pallasso?» abans de fer-ne una bola i llançar-la a la paperera. No tenia gaires ganes d'enviar-la, però ves, ho havia promès a l'avi Léon i ja no em podia fer enrere.

La vaig tirar a la bústia al tornar de l'escola, i va ser quan vaig seure a berenar que vaig rellegir el díptic i vaig veure que el director era, de fet, una directora. «Però que burro!», vaig pensar, i em vaig mossegar la galta. Que burro, quin imbècil!...

35 quilos d'estupidesa, sí...

Després van venir les vacances de Tots Sants. Vaig anar a Orléans, a casa la Fanny, la germana de la mare. Jugava a l'ordinador del meu oncle, no me n'anava a dormir mai abans de mitjanit i dormia fins tan tard com fos possible. Fins que el meu cosí petit saltava sobre el meu llit cridant:

—Uns *iégo*! Fem uns *iégo*? *Guégoire,* véns a fer uns *iégo*?

Durant quatre dies vaig fer construccions amb Lego: un garatge, un poble, un vaixell... Cada vegada que acabava una cosa, ell estava contentíssim, l'admirava i després, patatam!, la tirava per terra amb tota les seves forces perquè es trenqués en mil bocins. La primera vegada, em vaig indignar molt, però quan el vaig sentir riure, vaig oblidar les dues hores perdudes. M'encantava sentir-lo riure. Feia que se m'encenguessin els ploms.

Va ser la mare qui em va venir a buscar a l'estació d'Austerlitz. Un cop dins del cotxe, em va dir:

—Tinc dues notícies per tu, una de bona

i una de dolenta. Per quina començo?

—Per la bona.

—La directora de Grandchamps va telefonar ahir. Va dir que t'acceptava a l'escola, però abans hauràs de passar una mena d'examen...

—Pffff... Si a això li dius bona notícia... Un examen! Què vols que en faci d'un examen? Confeti?... I la dolenta?

—El teu avi és a l'hospital.

N'estava segur. Ho sabia. Ho sentia.

—És greu?

—No ho sabem. Va tenir una indisposició, i el tenen en observació. Està molt dèbil.

—El vull veure.

—No. Ara no. De moment no el pot veure ningú. Ha de recuperar forces sigui com sigui.

La mare plorava.

***

M'havia emportat el llibre de llengua per repassar-lo al TGV, però no el vaig obrir.

Ni vaig intentar fer-ho veure. Era incapaç de posar un pensament després de l'altre i després tornar-ho a fer. El tren corria al costat d'uns cables elèctrics immensos durant quilòmetres i quilòmetres, i a cada pal elèctric que passàvem jo deia fluixet: «avi Léon... Avi Léon... Avi Léon... Avi Léon... Avi Léon... Avi Léon... Avi Léon... Avi Léon... Avi Léon...» i entre pal i pal, deia: «No et moris. Queda't. Et necessito. La Charlotte també et necessita. Què seria d'ella sense tu? Estaria molt trista. I jo? No et moris. No tens dret a morir-te. Sóc massa jove. Vull que em vegis créixer encara més. Vull que estiguis orgullós de mi. Només estic al començament de la meva vida. Et necessito. I a més, si un dia em caso, voldria que coneguessis la meva dona i els meus fills. Vull que els meus fills vagin al teu cobert. Vull que els meus fills sentin la teva olor. Vull que...»

Em vaig adormir.

***

A Valence, em va venir a esperar un senyor al baixar del tren. Durant el trajecte cap a l'escola, vaig saber que era el jardiner de Grandchamps, bé..., el «majordom», com deia ell...

M'agradava ser dins de la seva furgoneta, feia olor de gasoil i de fulles mortes.

Vaig sopar al menjador amb els altres interns. Una colla de *tiarros* tot músculs. Van ser simpàtics amb mi, em van passar informació confidencial de l'escola: els millors amagatalls per fumar, com fer contenta la senyora de la cantina per aconseguir repetir, els trucs per pujar al dormitori de les noies per l'escala d'emergència, les petites manies dels profes i tot plegat...

Reien fort, eren uns ximplets. Però de ximpleria de la bona. De la ximpleria de nen.

Tenien les mans boniques, amb petits talls pertot i greix sota les ungles. Al cap d'una estona, em van demanar per què era allà:

—Perquè cap escola no em vol.

Això els va fer gràcia.

—Cap?

—No. Cap.

—Ni al reformatori?

—No —vaig dir—. Els va semblar que era una mala companyia per als altres.

Un d'ells em va donar un copet a l'espatlla:

—Benvingut al club, tio!

Després, els vaig parlar de l'examen que havia de passar l'endemà al matí.

—I llavors, què fots aquí, encara? Vés-te'n a dormir, carallot, has d'estar en forma!

Em va costar adormir-me. Vaig tenir un somni estrany. Estava amb l'avi Léon en un parc molt gran i ell no parava de molestar-me. M'estirava la roba i em deia: «On és, l'amagatall per fumar? Demana'ls on és...»

A l'esmorzar, no em vaig poder empassar res. Tenia formigó a la panxa. Mai no havia tingut tan mal de panxa. Respirava a poc a poc i tenia suor freda. Estava bullint i gelat a la vegada.

Em van fer seure en una aula petita i em vaig quedar sol una bona estona. Vaig pensar que s'havien oblidat de mi.

I després una senyora em va donar una mena de dossier gran per omplir. Les línies em ballaven davant dels ulls. No entenia res. Vaig recolzar els braços sobre la taula i el cap a les mans. Per respirar, per calmar-me, per fer el buit. De cop, vaig trobar-me amb el nas sobre els grafits de la taula. N'hi havia un que deia: «M'agraden les tetes grans» i un altre, al costat, que deia: «Doncs jo prefereixo les claus angleses.» Em va fer somriure, i vaig posar fil a l'agulla.

Al principi, tot anava bé, però, com més pàgines passava, menys respostes trobava. Vaig començar a tremolar. El pitjor era un paràgraf d'unes quantes línies; l'enunciat deia: «Trobeu els errors d'aquest text i corregiu-los.» Era horrorós, no n'hi veia cap. Era veritablement el més estúpid dels estúpids. Estava tot ple de faltes i, malgrat tot, no les veia! Tenia un nus a la gola, que m'anava pujant a poc a poc, i el nas em començava a picar. Mirava d'obrir bé els ulls. No havia de plorar. No volia plorar.

NO HO VOLIA, ho enteneu?

I després, malgrat tot, va arribar: una llàgrima grossa que no vaig veure venir i que ara s'escampava sobre el paper... Maleïda. Premia fort les dents, molt fort, però notava que d'un moment a l'altre m'ensorraria. Que les comportes cedirien.

Feia massa temps que no em permetia plorar i que evitava pensar en certes coses... Però, sempre arriba el moment, cal que surti, tota aquesta merderada que s'amaga al fons del cervell, allà darrere de tot... Sabia que si començava a plorar, ja no podria parar, tot se m'apareixeria de cop: el Grodudú, la Marie, tots els anys d'escola on sempre era l'últim. El beneit de torn. Els meus pares que ja no s'estimaven, tots aquells dies tristos a casa i el meu avi Léon a l'habitació de l'hospital amb els tubs al nas i la seva vida que s'escapava a poc a poc...

Estava a punt de plorar, em mossegava els llavis fins a fer-me sang i de sobte vaig sentir una veu que deia: «Va, Totó, què caram fas? Què és tot això? Vols parar de bavejar com un porc el teu bolígraf! L'ofegaràs.»

Ara sí que m'estava tornant boig... Sentia veus! Ep!... «Us heu equivocat, allà dalt, que no sóc la Joana d'Arc. Només sóc un pobre mortal que nedo en un mar de merda.»

«Bé, senyor ploramiques. Ja m'avisaràs quan hagis acabat de lamentar-te. A veure si ens hi podem posar, tots dos.»

Què era tota aquella història? Vaig mirar amunt i avall per tota l'habitació per veure si hi havia càmeres o micros. Però què coi era aquella història! Havia entrat a la quarta dimensió o què?

«Avi Léon, ets tu?»

«Qui vols que sigui, tros de pòtol? El Papa de Roma?»

«Però..., com és possible?»

«El què?»

«Doncs..., que tu siguis aquí, que em puguis parlar així?»

«No diguis bestieses, Totó, jo sempre hi he estat, aquí, ho saps prou bé. Bé, ja hem jugat prou. Concentra't una mica. Agafa un llapis i subratlla tots els verbs conjugats... No, aquest no, que aquest s'acaba amb "ar". Ara, troba'ls el subjecte... Així... Fes unes fletxes petites... Molt bé. Ara pensa, cal que concordin amb el verb... Aquí, mira, el subjecte, quin és?... Sí, és "tu", per tant, una "s", està bé. Ara fes el mateix amb els noms comuns, subratlla'ls... Troba'ls el determinant i comprova'l. Comprova-ho tot. I els adjectius? No et sembla estrany aquest "esterilitzat", aquí, referit a unes "gases"?, "des", molt bé, veus com ho pots fer si hi pares atenció? Ara torna una mica enrere, he vist coses horribles a matemàtiques... M'han posat els pèls de punta. Va, repassa les divisions... No, torna-la a fer... Una altra vegada! T'oblides una cosa. Quants te'n portes, sí, molt bé. I mirem la pàgina 4, sisplau...»

Tenia la impressió de somiar despert, estava molt concentrat i molt relaxat a la vegada. Escrivia com si estigués als núvols. Era realment una sensació estranya.

«Bé, Totó, ara et deixaré. Ara toca la redacció, i amb això, sé que te'n surts molt millor que jo... Sí, sí. De debò. Me'n vaig, però vigila amb l'ortografia, eh? Fes com abans: les petites fletxes i les comprovacions. Creu-te que ets el policia de les paraules. A cadascuna, els demanes els papers abans de deixar-les circular:

—Vostè, aquí! Com es diu? —Adjectiu. —Amb qui funciona? —Amb «gossos». —Bé, aleshores, què us falta? —Una "s", senyor. —Molt bé, circuleu. Entens el que et vull dir, oi?»

—Sí —vaig respondre.

—No parli en veu alta! —va exclamar la vigilant—. No es pot parlar. No vull sentir res!

M'ho vaig rellegir tot. Almenys cinquanta-set vegades. I li vaig donar el dossier. Quan vaig ser al passadís, vaig murmurar:

—Avi Léon, encara hi ets?

Cap resposta.

Al tren de tornada, ho vaig tornar a provar. Però no, ja no hi havia cap abonat al número que jo demanava.

Quan vaig veure la cara dels meus pares, a l'andana, vaig saber que havia passat alguna cosa.

—S'ha mort? —vaig demanar—. S'ha mort, és això?

—No —va dir la mare—, està en coma.

—Des de quan?

—Des d'aquest matí.

—Es despertarà?

El pare va fer una ganyota, i la mare es va enfonsar recolzada a la meva espatlla.

***

No vaig anar a veure'l a l'hospital. Ningú no hi va anar. Estava prohibit perquè el més minúscul dels microbis el podia matar.

Però sí que vaig anar a casa l'àvia, i em vaig quedar afectat quan la vaig veure, semblava encara més dèbil i fràgil que habitualment. Un ratolinet que es perdia dins d'una bata blava. Jo estava allà com un imbècil, al mig de la cuina, quan ella em va dir:

—Vés a treballar una mica, Grégoire. Posa les màquines en funcionament. Toca les eines. Acarona la fusta. Parla a les coses, digue'ls que aviat tornarà.

Ella plorava en silenci.

Vaig entrar al cobert. Vaig seure. Vaig encreuar els braços sobre el banc de fuster, i finalment, em vaig posar a plorar.

Vaig plorar totes les llàgrimes que guardava dins meu des de feia molt temps. Quant temps vaig ser allà? Una hora? Dues? Tres, potser?

Quan em vaig aixecar, em sentia millor, era com si ja no em quedessin més llàgrimes, més pena. Em vaig mocar amb un mocador vell ple de cola que vaig trobar per terra, i va ser llavors que la vaig veure, la inscripció de l'altra vegada... «AJUDA'M», gravada a la fusta.

***

Em van admetre a Grandchamps.

Això no em va fer ni fred ni calor. Només estava content de marxar, d'anar a «prendre l'aire», com hauria dit l'avi Léon. Vaig preparar-me la maleta, i no em vaig girar quan vaig tancar la porta de l'habitació. Vaig demanar a la mare que ingressés els diners del Sr. Martineau a la meva llibreta. Ja no tenia ganes de gastar-me'ls, aquells diners. No tenia ganes de comprar res, només un impossible. I entenia que no es podia comprar tot en la vida.

El pare va aprofitar un dels viatges fora de la ciutat per dur-me fins a la nova escola. No vam parlar gaire durant el trajecte. Sabíem que els nostres camins se separarien.

—Em trucareu si hi ha notícies, eh?

Va assentir amb el cap, i després em va abraçar maldestrament.

—Grégoire?

—Sí.

—No. Res. Mira de ser feliç, t'ho mereixes. Saps?, no t'ho he dit mai, però penso que ets una gran persona... Una persona genial.

I em va estrènyer fort entre els braços abans de tornar a pujar al cotxe.

***

No era el millor de la classe, fins i tot estava entre els últims; pensant-ho bé, em sembla que era realment l'últim. Malgrat això, els profes m'estimaven...

Un dia, *Madame* Vernoux, la profe de llengua, ens va tornar les comprensions de text. Vaig treure un 4 sobre 10.

—Espero que la teva màquina de pelar

plàtans fos més eficaç... —em va dir, fent-me un somriure.

Em sembla que em tenien ben considerat gràcies a això, a la carta que els havia enviat. Tothom sabia que era un inútil, però que tenia ganes de sortir-me'n.

En dibuix i en tecnologia, en canvi, era el rei. Sobretot en tecnologia. En sabia més que el profe. Quan els alumnes no aconseguien fer alguna cosa, era a mi a qui acudien en primer lloc. Al principi, el Jougleux no s'ho prenia bé; ara fa com els altres: sempre em demana consell. És divertit.

La meva bèstia negra era l'esport. Sempre havia estat un patata, però allà encara es veia més perquè els altres eren bons i a més els agradava. Perdia en tot: és normal, no sé córrer, ni saltar, ni tirar-me, ni agafar la pilota, i encara menys llançar-la... Res de res. Zero. Zero patatero.

Els altres es fotien de mi amablement; deien:

—Ei, Dubosc, quan t'inventaràs una màquina per fabricar-te músculs?

O:

—Atenció, tios! Salta el Dubosc, prepareu la farmaciola.

La mare em trucava cada setmana. Cada vegada, començava demanant-li si hi havia res de nou. Al final, un dia, em va deixar anar:

—Escolta, Grégoire, ja n'hi ha prou. No em tornis a preguntar el mateix. Ja saps que t'ho diria de seguida, si hi hagués alguna novetat. Parla'm de tu, del que fas, dels profes, dels companys i tot plegat...

No tenia res a dir-li. Mirava de fer un esforç, però al final tallava la conversa. Tot el que no es referís al meu avi ja no m'importava.

***

Estava bé, però no era feliç. M'enrabiava saber que no podia fer res per ajudar el meu

Léon. Hauria aixecat muntanyes per ell, m'hauria tallat en mil bocins i deixat coure a foc lent. L'hauria agafat a coll i hauria travessat la Terra sencera estrenyent-lo contra el meu cor, hauria aguantat el que fos per salvar-lo, però no hi havia res a fer. Només esperar.

Era insuportable. Ell m'havia ajudat quan l'havia necessitat veritablement, i jo, gens. Gens ni mica.

Fins a aquella famosa classe d'educació física...

Aquell dia, hi havia la corda de nusos al menú. Horror! Ho provo des que tenia sis anys i mai no ho he aconseguit. No he pogut mai. La corda de nusos és la meva vergonya.

Quan em va tocar a mi, el Momo va cridar:

—Veniu a veure-ho, l'inspector Gadget ens ensenyarà els mitjons!

Vaig mirar l'alçada de la biga, i vaig murmurar: «Avi Léon, escolta'm bé! Ho aconseguiré. Ho faré per tu. Per *tu*, em sents!»

Al tercer nus, ja no podia més, però vaig serrar fort les dents. Vaig pujar els braços de mantega. Quart nus, cinquè nus. Em deixaria anar. Era massa dur. No, no ho podia fer, ho havia promès! Vaig grunyir, i vaig impulsar-me amb els peus. Però no, no podia més. Començava a deixar-me anar. I en aquell moment els vaig veure, els de la classe, en cercle, a baix de tot. Un va cridar:

—Vinga, Dubosc, agafa't fort!

Aleshores, ho vaig provar una vegada més. Les gotes de suor m'emboiraven la vista. Les mans em cremaven.

—Du-bosc! Du-bosc! Du-bosc!

Em cridaven per animar-me.

Setè nus. Em deixaria anar. Notava que estava a punt de desmaiar-me.

A baix cantaven la cançó dels dibuixos animats:

—«Ep, qui hi ha?... Inspector Gadget!... És ell, és allà... Inspector Gadget!»

M'animaven, però no n'hi havia prou.

Només em faltaven dos nusos. Em vaig escopir a una mà i després a l'altra. «Avi Léon, ja hi sóc, mira! T'envio la meva força. T'envio la meva voluntat. Agafa'n. Agafa'n! En necessites. L'altre dia em vas enviar la teva saviesa, ara jo t'envio tot el que tinc: la meva joventut, la meva valentia, el meu alè, els meus petits músculs lluitadors. Agafa'ls, avi Léon! Agafa-ho tot... T'ho suplico!»

Em començava a sagnar l'entrecuix, ja no em notava les articulacions. Només un altre nus.

—Vinga! Vingaaa! Vingaaaaaaaa!

Estaven entusiasmats. La profe era qui cridava més fort. Vaig xisclar: «DESPERTA'T!!!», i vaig agafar-me a la biga. A baix, era una bogeria. Jo plorava. Llàgrimes d'alegria i de dolor alhora. Em vaig deixar lliscar avall, mig caient. El Momo i el Samuel em van agafar i em van aixecar en l'aire.

—«Ep, qui hi ha?... Inspector Gadget!... És ell, és allà... Inspector Gadget!»

Tothom cantava.

Vaig perdre el coneixement.

A partir d'aquell dia, estava desconegut. Decidit. Agressiu. Inflexible. Com si m'hagués menjat un toro.

Cada nit, després de les classes, caminava en comptes d'anar a mirar la tele. Travessava els pobles, els boscos, els camps. Caminava molta estona. Respirava lentament i profundament. I sempre amb les mateixes paraules al cap: «Agafa-ho tot, avi Léon, respira aquest aire pur. Respira. Sent l'olor de terra i de boira. Sóc aquí. Sóc els teus pulmons, el teu aire, el teu cor. Deixa't anar. Agafa-ho.»

Era un boca a boca a distància.

Menjava bé, dormia molt, tocava l'escorça dels arbres i acaronava els cavalls del veí. Els passava la mà per sota les crineres calentes, i murmurava una altra vegada: «Agafa-ho. És bo per a tu.»

Un vespre la mare em va trucar. Quan el vigilant em va avisar, el cor em va fer un salt.

—No són bones notícies, fill meu. Els metges aturen el tractament. No serveix de res.

—Però llavors es morirà!

Cridava des del passadís del dormitori:

—Només l'heu de desconnectar, és clar, així tot anirà més de pressa, oi?

I vaig penjar.

A partir d'aquell dia vaig deixar de fer la meva comèdia. Vaig tornar a jugar a futbol amb els nois de l'escola, treballava poc i quasi no parlava. Estava fastiguejat de la vida. Al meu cap era com si ell ja s'hagués mort. Quan els pares trucaven, els enviava a passeig.

Ahir, un noi de l'últim curs em va venir a buscar al llit. Dormia com un tronc. Em va sacsejar ben fort:

—Ei, ei, desperta't, tio...

Tenia la boca tota pastosa.

—Mmm, què *paxa*?

—Ei, tu ets el Totó?

—Per què m'ho preguntes?

Em fregava els ulls.

—Perquè hi ha un iaio a baix en una cadira de rodes que crida que vol veure el seu Totó... No deus ser tu, per casualitat?

Anava en calçotets, vaig baixar els quatre pisos corrent. Ja plorava com un bebè.

Era allà, davant de la porta del menjador, amb un home amb bata blanca al costat. L'home aguantava el trasto del gota a gota, i el meu avi Léon em somreia.

Jo plorava tant que no podia ni tornar-li el somriure.

Em va dir:

—Potser t'hauries de pujar la bragueta, Totó, encara et constiparàs.

I llavors, vaig somriure.

ANNA GAVALDA

Va néixer a Boulogne-Billancourt (París) el 1970. És professora de francès i bibliotecària. El 1999 va publicar la seva primera obra, *M'agradaria que algú m'esperés en algun lloc*, un llibre de relats traduït a dinou idiomes —entre ells el català—, del qual es van vendre més de 700.000 exemplars a França i amb què va guanyar el Grand Prix RTL-Lire 2000.

El 2003 va publicar la primera novel·la amb el títol *L'estimava*, que també ha tingut molt bona acceptació per part dels lectors.

35 quilos d'esperança és la seva primera novel·la per a adolescents.

Aquest llibre s'ha acabat d'imprimir el mes de setembre del 2004 als tallers gràfics Top Printer Plus, S.L.L., Madrid.